新时代诗库·第四辑

纳 米

李长瑜 著

中国言实出版社

图书在版编目(CIP)数据

纳米 / 李长瑜著 . -- 北京 : 中国言实出版社,
2025. 4. -- ISBN 978-7-5171-5093-0

Ⅰ . I227

中国国家版本馆 CIP 数据核字第 2025WA2390 号

纳米

责任编辑:史会美
责任校对:王君宁

出版发行:中国言实出版社
地　址:北京市朝阳区北苑路180号加利大厦5号楼105室
邮　编:100101
编辑部:北京市海淀区花园北路35号院9号楼302室
邮　编:100083
电　话:010-64924853(总编室)　010-64924716(发行部)
网　址:www.zgyscbs.cn　电子邮箱:zgyscbs@263.net

经　销:新华书店
印　刷:廊坊市印艺阁数字科技有限公司
版　次:2025年5月第1版　2025年5月第1次印刷
规　格:880毫米×1230毫米　1/32　6.75印张
字　数:135千字

定　价:58.00元
书　号:ISBN 978-7-5171-5093-0

　　李长瑜，1967年生，河北吴桥人，现居北京。中国作协会员。长期供职于高科技企业。作品多见于文学期刊及网络媒体，入选多种选本；诗集《在众生中被辨识》入选中国好诗第七季；组诗《纳米》获第十二届扬子江诗学奖。

　　Li Changyu, born in 1967, is a native of Wuqiao Country, Hebei Province, and currently lives in Beijing. He is a member of the China Writers Association. He has been working in high-tech enterprises for a long time. His works have been published in literary journals and online media platforms and have been selected for inclusion in numertous anthologies. His poetry anthology *Identified Among All Living Beings* has been selected into the 7th Season of China Good Poetry Anthology. His Poetry Cycle *Nanometer* won the 12th Yangtze Jiang Poetics Award.

目　录

CONTENTS

第一辑　相信未知的任务

第二辑　梦里的石头，都可以隐秘飞行

第三辑　闪电打开了那只奇怪的瓶子

第一辑

相信未知的任务

皱褶

也许我永远也进入不了
我的平行宇宙。也许我只是隔着
天空，像隔着玻璃，成为一个观察者。
像发现了薛定谔的猫，看见
自己不断坍缩的生活。
当物质坍缩成一个点，会发生什么？
其实我一直苦于未能找到
一个恰当的词，来存放我的普通
且与众不同。但身体自带的密码——
指纹、虹膜、声纹等，既是一种
确认，也是一种锁定。
有时我会很认真地想那些
容易鼓胀的东西。譬如肥皂泡比泡泡糖
更空灵，更飘逸；刚学会发面时
那种发酵的面香甚至能够陶醉思想……
当我知道宇宙正在加速膨胀时
我似乎更迷恋一条孤寂的小径，它并不通向
一处黑洞，我也并不需要
徘徊许久。

疑问并不总是蓝色的

如果一颗星星结了冰，另一颗星星上的火
会有何反应？
这多么像是一个年轻的问题，而我
更愿意一场中年的雪
落在另一个星球。就像
唐诗里的最后一场雪，落在空留的马行处。
人到了一定年岁，有些问题
已经不是问题。也有一些问题
像又花又近视的眼睛。
如果问题本身出了问题，我思
依然我在吗？

看着体检报告上的两颗眼珠，多么像
两个星图。一个是仙女星系正在以
每秒 300 千米的速度向银河系靠近，一个是
彗星点燃自己的尾巴
东去。

时间像一根刺

夜有富饶的纵深，容得下梦境。
很多人不得不用药片管理时间。也有人
悄悄将时针，拨慢了两小时。

有人已经能从侧面
卸掉夜的黑。一边在元宇宙中吸粉，
一边跟古老的星座碰杯。而我

正好看看我的机器人妹妹。她
此时正给我端来一杯咖啡。
她比我矮两厘米，肤白，年轻。

机器会笑的时候，人类
并未感到不适。我刚刚拒绝了
ChatGPT 的一个翻墙软件，像是

关上了时间的一个小门。

而秒针的嗒嗒声，依然迅疾、尖锐，

像一根刺。

云非云

云不够了，人类无法完整地记住自己。
如同一口小锅，装满
即将爆裂的玉米。
我必须走一趟。拜访燕山、昆仑山，
或者我的故地祁连山。
如果白云的质量大于乌云，
或者相反，
请借给我一半，用以储存
最纯粹的爆米花，或者服务
最遥远的一家人。
我并不是一个喜欢赊账的人，
我愿意压上我的青丝和白发。
我愿意许你
半山杜鹃花。

工业母机

刀郎歌唱又鸟的时候，我正在
为机器写诗。我不需要思考
先有公鸡还是先有母机。
而要打碎一个壳，并不容易。
鸡打鸣的时候
很多人假装没听见。机生蛋的时候，
四轴，五轴，六轴
已经成为一种价值判断。
陌生转瞬又熟悉的生活，已经
不能靠又鸟了。
从母鸡到母机，
似乎只是时代的脸微微一转，而人类
已经可以轻轻拍着机器
说一句：去生蛋吧。
或者说：今天生两枚蛋，都要双黄。
那种潇洒，可以看见。
附带的忧伤，却无从测量。

数字脚环

荒原上只有这一棵
孤独的树。为了理解这种孤独

昨天，我们给它植入了芯片。
一只鹰，在不远处的天空

盘旋。它展开的双翼上，有两道
白杠。因为远，我们看不到它的脚环。

那不是和田玉的镯子。也不是
一枚戒指。戴戒指的那只鹰

遭遇了雷电。而我的爱人正在设计一部
游戏。她有足够的权利

让众神仰望。也让我
恐惧。

纳米

众星沉默的时候，你放逐了一颗
石头。而我恰巧
把爱情压缩成了一粒米。
这需要一百万倍。
一百万倍！完全能把一个魔鬼
打磨成一粒细小的精灵。
从而轻松穿越
时间的缝隙。
一台电脑，一部手机，汽车乃至
庞大的工业机器，
都需要这把小尺子
给出间距——
这会不会是物质到灵魂的最后
一点距离？
也许，我们无法以纳米
衡量一首诗的长度和诗意。也许

它真的像一粒米，需要我们

吃下去。

（注：毫米是人眼可见的最小长度单位，

1 毫米等于 100 万纳米。）

二维码

机场刷脸的时候，我有一个
小小的担心。
并不是因为不久前
我熨平了眼角的皱纹。而是
我怕看了不该看的东西，眼睛走神
会被当成一个替身。
幸好我还有全副原装的指纹
和唇纹。这些人生自带的二维码，足以
证明我们的唯一性。
这原本都是秘密，却已成了通行证。
这会不会让人类变得过于透明？
而透明的生物，终将
麻木于羞愧。
我听说，有人正在研究一种算法，
用以升级安检门。
升级后不仅可以检查肉体
及其附带物，或许还包括身影
和梦境……

桃花开在左臂

碗口大的桃花！
再大，我会心生疑虑。

我找到她背面的二维码
扫了扫——
桃花，蔷薇科李属乔木桃树的花。
花单生，先于叶开放。桃花的名字
来源于《诗经》的"桃之夭夭，灼灼其华"。
花期 3 月至 4 月，目前状态是落花。

我闪送了两桶山泉水，把她
轻轻洗净。用激光熨斗熨平，然后
把一枚药片放入喷壶……
我只等了 56 个春天，
她就复活了！

桃花复活了，可是

桃树呢?

——我努力上举我的手臂……

多像,一截老桩。

深，及其备忘录

恒星再往后站一站，苍穹就会

更深远一点。那比深更深的存在

不会只是暗能量吧？我更愿意相信

红色的参宿四，拍了拍猎户座的肩膀。

就像 DeepSeek 在写诗，像我们

早年诗社中眼睛最大的那一个。

那时候我好为人师，并不擅长鼓励。也不擅长

接住红移的目光。如同现在

看着 DeepSeek 的习作，它的

或者它们的进步，让我们

从震惊到沉默。

我相信沉默是更深的思索，就像我允许

DeepSeek 问我三个问题。而我

并没有三个答案，我想借用

一些参宿四的知识，作为回复——

它很年轻，只有 1000 万年；

它很重，接近 20 个太阳；

它很亮，但可能在 10 万年之内
爆炸，成为宇宙中离我们最近的一朵
巨大烟花……

量子

经验告诉科学，总是先有猜想
后有定理。这与人们
担心的事情，或者姗姗来迟，
却往往不会缺席
并行不悖。
能够拯救世界的也能摧毁世界，
或许连摧毁本身
也不存在。这并不是一个坏消息，
颠覆光速的纠缠，让爱情
似乎有了依据。
一定有人愿意继续，像打开套娃，
本应无穷无尽。
但普朗克还是找到了一个终点。
像一枚拯救物理世界的药丸，也像
最小的宇宙。
这个宇宙只盛得下一朵玫瑰。如同

玫瑰初开。宇宙初开。

大数据

以玫瑰为例。
色泽 7947，花期 5290，香息 76325……
陷阱 985，蜜语 007，
深度关联：蜜蜂的指纹、蝴蝶的战栗
等 N 种……

它——要全部。
当全部代替了样本，一个时代
已经过去了。

而每一朵玫瑰的含糖量，却是
至今无法测定的。它是
一个人与另一个人的
秘密。

不仅是

纳米机器人

像一维世界里的虫子，沿着血管

攀爬。它们的任务是

吃掉聚集的胆固醇。同学军的

父亲，已经用神秘金属

换掉了膝盖，以及身体的另一些部分。

更不用说美人的鼻子、胸、臀

里面奇奇怪怪的材料了。

人类已经取得了

上帝的

部分权利。生命的

持续或永生

已经从一个能力问题，转化成

一个道德问题。用不了多久，身体

所有的部分，都可以置换成零件……

——有人庆祝灵魂搬了新家，

而肉身失去的，也失去了

肉身。

A 计划

也有探秘者，支起天文望远镜
望啊，望啊，
光年以外，找不到一个亲人。
而我的邻居，却能看见那颗
黑色的星星。
他有时像是隐匿在森林中的一棵树，有时
像个疯子。
他想帮助马斯克，尽快把人类
迁往火星。每次听他说起计划
我都想笑。我在火星生活了三十多年，
光秃秃的，虽然火热，
却并不比地球
温存。

黑洞诗学

早年我以为，地球上的每一个烟囱
都指向一个黑洞。而黑洞
不过是天上的一个深坑。
也有疑问：这个坑里能挖出煤吗？
能从梦中取出一粒火吗？

后来听说这个坑是填不满的，万物
皆可坠入其中。
连光，也会被吃掉。
但它，却仍留有一处小门，
一些神秘的物质，可以逸出。
像爱河里的石头飞了出来，像一只乌鸦
通过异境。

最近，天文学家发现，
一个超大质量黑洞，

似乎正从所在的星系弹射出来，

高速穿越太空。

后面跟着一串恒星……

冥王星纪要

每一个星球都有自己的秘密
冥王星，这名字听起来
肃穆，神秘，并不唯美
传说它由岩石和冰组成
是太阳的第九个儿子
因桀骜不驯，冒犯了人类
于 2006 年被贬为庶民（矮行星）
但这并不影响古人排着长队
登上小船，漂泊而去
或者拥挤着通过一座桥
我并不迷信未来有必经之路
却愿意追随众人，去寻找
我的亲人
如果风不能带去口信
5.5 小时后，你会收到我的快递
请抓紧收割高粱或者葡萄
请抓紧酿造
30 年，或 50 年的窖藏够吗？

如果不够

神就在你我的身旁。神

是个好姑娘

落日研究

你在金星上建的驿站已经荒废多年
更多的人们相信月亮
它只圆缺，不破碎
它发出的光适合让我看见那个
偷偷剪下围栏边几枝蔷薇的少女
而又无法认出她
你送给我的时间，我想留出一半
用来打醋、买盐
用来陪80多岁的老母亲回忆
或者哀叹。与晚辈下棋，让他们听我唠叨
另一半就交给落日吧
随它跑下山坡，或者
一同坐在江边

像孤独难以理解

每天多出 20 万人口，
地球并没有因此变重。
死了一个伟大的人，
地球也没有变轻。
这并不表明人类无足轻重。
人类，和其他生命一样，
让地球变得神秘，
唯一。
这唯一并不合理。这唯一
让人类变得焦虑。
有人开始谋划移民火星，
有人打坐冥想，
期望找到一扇窄门。
更多的人反复做梦，
我就曾在梦中不小心，
抬手打落几颗星星。

而银河浩瀚，无增无减。

就像人类的孤独一样，

难以理解。

百年之后

百年之后，我也不会抵达

另一个星球

星星是可以反复讲的故事

一棵树也是。我的怀旧

正如一个诗人的怀旧

像一把刺破维度的小刀

在未来的时间里挖了一个洞

或是蛮荒之地，树边有花

花边有刺；或是这几十年的琐事。

我知道越是朴素的事物

越有强大的引力。回归

是必然的

像一枚飞出大气层的石头

又回到凡间，继续沉默

納米

百年之后，我也会暗下来
紧挨着另一小片暗物质。只保留
世界不易察觉的温度

止于此

月光有些凉。月
在两天前圆过，现在，它的右上方
稍稍有些塌陷
露台上的小圆桌，围着四把椅子
我坐一把。其余三把
刚刚有人坐过
天空的颜色幽暗
却像是埋藏着深远的光
这让我想起一些历史里的人
树的剪影晃动，又像是走过
几个熟悉的人

此时群星隐忍
输给了万家灯火

仙女星系

一位搞天文的朋友

给我看一些图片，给我讲述恒星与星云

我不懂

但我喜欢天空里的沙粒

喜欢黑色幕景上那些细碎的光

也喜欢一些易于联想的名字

比如仙女星系

他说：

仙女是距银河系最近的主要星系

她离地球 250 万光年

因为在同一轨道上，大约 45 亿年后

会与银河系碰撞，融合……

感染我的还有他的神情和眼光

尽管我不知道

一位诗人，是否该像天文学家一样

满怀喜悦地期待着

45 亿年之后的事情

看过的书亦如危墙

看过的书越摞越高，
每一本书都像是
负重的砖头，而那些放置在高处的
又多出了一种气势。
我并不畏惧它们的居高临下，
我只是担心
它们心怀异禀，所向不同，
白挨着黑，刀子挨着鸡汤，爱情挨着魔鬼……
——能否相互支撑，平衡在这座墙内。

似乎可以期待。
也似乎终有一垮——
某日，君子立于危墙之下
被一摞书摞倒，砸伤，顺手一摸
都是这尘世上
躲不开的。

只有黑夜能让我们看得更远

给木星穿好衣服
给土卫二新梳了刘海
仙后座 V762 是我们能用肉眼看到的
最远恒星。它距我们有 1.6 万光年
每一颗星星都是宇宙里
活着的石头。而暗物质随时穿过我们
像一种神秘的河流。你这样说时
窗外
太阳已没入楼群
夜幕就要降临

群星拓片

夜空通透。我甚至能看到
最远的星星，
但我还是从近处开始认领。
最先找到的是一个素描爱好者，
一位画家曾对我说过，他画得太像了
因此无法抵达艺术。
但他抵达了慈悲。他收养了
五只流浪猫和一只流浪狗。
还坚持每周到公园撒猫粮。
为了它们，他甚至不肯离开一座城市。
但他却突然，无征兆地
加入了群星。
然后是一个钳工。一个爱唱戏的钳工。
技艺精湛，为人乐观，
吃过苦，受过冤。因此有点胆小。
他是这世界上打过我最多的人，
我因此心生嫉恨，又因记恨
心生亏欠。

最后是两个小脚老太太。
记忆中我总是躲避着她们的喜欢，
又感受着她们的温暖。
她们不会因为我掐光了院子里所有
向日葵的脑袋而震怒。却因看不下去
我瘦弱的小身板，
为我烤蚂蚱。
这期间印象深刻的
还有那个讲了大半辈子故事的庄稼汉。
真后悔我没能及早记下来，
那是我小时候的聊斋。
这期间还有两个小人儿，
一个曾经跟我抢奶吃
一个永远停留在八个月的哭闹
与偶尔的笑声间。

彗星

一个不会游泳的人
抱着石头过河。
对岸，是疯狂的野花。

对岸也可以是遍地垃圾、
某人遗弃的半瓶啤酒、
刺猬一家的小型聚餐。
而城市的某条河，对岸
更可能是陡峭的堤坝。

一个不会游泳的人
抱着石头过河。岸边高大的银杏树
投下的阴影，阻挡了他。
也可能是接引了他。

一个不会游泳的人
抱着石头过河。
更像是两块石头

结伴而行。如果他们反光，
可能是并不遥远的
行星。如果他们发光，
应该是恒星。
如果跑得很快，有着发光的头发，
拖着长长的尾巴，
那就是彗星了吧?

边缘计算

地球驮着人类，每年要跑 69 亿公里。
或许因此，总有人感到颠沛流离。
即使这样，我们也没能
进入银河的中心区。我们仍在四环
或者五环。即使这样
我们也没能甩开那些星星，
它们还保持原有的阵形和原有的距离。
像某种陪伴，不即不离。
也许有哪颗星星多看了我们一眼——
太阳看我们一眼，需要 8.33 分钟。
最近的比邻星看我们一眼，要 4.22 年。
美丽的仙女星看我们一眼，要 254 万年。
也许人类的回馈不仅是仰望，
也在相互之间。有人看了一眼
就是一辈子。有人被看了一眼，
也是一辈子。

被乌鸦选中

年少的时候我以为自己是一棵树，

喜欢在树林里转悠，看见大树就仰慕。

成年了发现自己原来是一枚石子，

和其他千万石子一样，裸露在

光秃秃的戈壁滩上，太阳一晒

就发烫，因风的打磨

有时会反一点光。

焦渴的时候，不一定有雨，

甚至连露水也没有。那时的我

多么想被一只乌鸦选中

扔进一个有水的瓶子。

后来我发现石子也能长大，

渐渐变成感恩的石头……

现在的我

有时枯萎得像一个词，

有时安静如一串代码。

我相信万物有灵。

相信宇宙中的穿行与重组。

相信未知的任务。

黑夜过于深邃

黑夜过于深邃，我有些不自量力。
好在右上方有三颗星星
压住了我的叛逆之心。
我下意识地向左靠了靠，我想
找一条有路灯的小路。
如果路足够长，我会赶在秒针之前
抵达一扇窄门。
像一个过客，也像一个归人。
其实，我只是想确认
一个我来或去的地方。
我也可能走水路，乘人世间最小的船，
或者骑在一条鱼的背上。
水天茫茫，我的航线
像一个秘密。

地球体检

今年给地球做了体检
35 项指标，20 项已极度危险。
生命在未来几十年可能要面临
无法忍受的条件，
比如
酷热，食物短缺，致命瘟疫……
我想，这些应该讲给我们的孩子。
可我的孩子像是并不感兴趣，
他正忙于设计一款游戏，游戏里
生命正在溃败之中，地球
已如地狱……
那唯一通往新世界的密径，还没有
一种算法，能够设计。

三种鸟鸣及其释义

　　修复小公园的人也修复了鸟鸣。
　　更多的还是麻雀的叽叽喳喳，从音乐人类学
　　角度来听，它们的方言并不标准。
　　而我听说加拿大西部的白喉麻雀
　　集体改变了歌唱方式，且新曲调的
　　传播速度之快前所未有。起因
　　可能是一颗过路的流星。
　　乌鸦的喊叫依然具有灾变性。
　　它独有的声学特性，可能是它的
　　第三代身份证。这一次它失算了，
　　它把一粒坚果扔在小公园北侧的
　　消防路道上，期望过路的汽车能帮它打开。
　　可路面失修已久，坚果惬意地
　　躲在了坑洼里。
　　乌鸦不会明白，小公园翻修三次了，
　　旁边这条不足百米的道路
　　为何依然破旧。
　　喜鹊的叫声响亮、清晰，能够刺激

人类的大脑释放某些
让人感到愉快的化学物质。但它们
并非总是乐观主义者，这两天
它们保持了少有的沉默——似乎
有人说过：所有的沉默都值得警惕，
尤其是那些少有沉默者。

在人间

喜欢星空是一些人的天性。
大多时候，星星们之间保持着恰当的距离。
与人类的遥远与联系
也恰好是遐想所及。夜幕初降，
我们常常只能看清一颗星星，明亮且抵近。
它的可疑在于，它就要混入城市的灯火了，
而它离人世越近，
它也就越近似于离群索居。
的确，在夜晚的一扇窗里，看万千扇窗的灯火
就像是看到了另一个星空。
而月亮也有高调的时候，
它有时在两个星空交汇的边缘，
有时比对面的窗还近。它与众不同，
却从不孤独，
不回避人间的亲人。

有一种宿命

那天喝了半瓶好酒，我跑得特别快，
追上了星星。天亮时
我还是回到了地球。还是要
六点四十从东四环出发，到西三环上班。
十六公里，用时五十多分钟。
下午回来，时间会有更多
弯曲，我通常会在七点一刻
端起第一杯酒⋯⋯
这多像一个轮回，也像一部旧钟。
但这并不影响我在某一路段
通过时光陡峭的部分，留下幻梦与倒影。
也不影响我在深秋或者初冬
用三桶凉水，试探灵魂——
第一桶洗我收养的流浪猫，第二桶
试图浇灭内心的虚火，第三桶
分给那些在深夜里过路的人。
我并不在意他们中有谁
能去天上美言，或去庙里告状。

有一种宿命是我喜欢的——
有一天，我会像前世一样，
再次在地球上安葬。再次
在地球上怒放。

观星记

银河一退再退，我还是喜欢在
河边走。为了抵达对岸，我已忘记了
游泳。我加入人类，曾以为生存是哲学，
模仿我的一位语文老师
把星星泡进墨水瓶里，像
泡腊八蒜。也观摩过一个打铁的
叮叮当当把日子锤得像恒星一样……
这些曾让我惊喜，也让时间
有了些许的弯曲。
可宇宙并不在意这些，它留给
我们一些亮点，也默许巨大的黑暗。
它有足够的耐心，等待一个诗人。
就像它可以容忍一个太阳，
一个地球，一直在四环以外
奔跑或者沉寂。

观星后记

夜幕悄然而至之时

我正给一个句子画眉。偶然抬头

看见几个旧词，泊在一条水上，

像一串代码。

这串代码发光的方式，与恒星一致。

它的运行环境，与夜空一致。

这让我想起一些问题，譬如

有那么多恒星照耀，夜空为什么

还是黑的？

答案并不重要。伟大的问题并不需要

一个重要的答案。就像我知道

一些牧羊人，能把羊群赶到天上

再返回。而一个科技馆

让我了解到

人类以多种装置和方式

向宇宙发射了我们的孤独感。

——或许无所回馈才是对的。

——或许不可言说才是对的。

——或许在莫名其妙之时，扫码通过
也是对的。

第九陈述句

人们曾确信，百年后
有一个必经之地。
1930 年，美国人克莱德·汤博
发现了这个天体。
11 岁的女孩威妮夏·伯尼
为它取名叫普路托——
冥王星，多么遥远而又无可回避的名字！

后来人类渐渐迷恋量子与 AI，越来越多的人
更愿意相信平行宇宙，相信百年之后
灵魂能够住进云间别墅，或者
意识住进芯片，就像寄居蟹，扔掉
一个壳……
如果物质被放逐，精神
是否由此获得了自由？

2006 年，失去人气的冥王星
被罢免，科学家们决定

纳米

　　将选拔一颗流浪的行星接替它。这颗
新的第九大行星，应该更遥远，更深邃，与人类的生活
更没有关系。

算法与月亮

人类需要突围，
我的无能为力，让我更想做点什么。
如何把那个伪装成道具的窃贼，从元宇宙里
抓出来，并不比人类
从 AI 剧情里盗取一朵玫瑰更容易。
而它要盗取的是一串代码，
据此可以成为某个多维世界的作者。
就像宇宙的作者。
而人类是玩家还是蓝衣小哥？谜底
只差一个算法。
或许只有诗歌还是秘密……

晚上，月亮升起来，隔着窗
我刻意忽略了它。
我想，如果人类暗淡了，诗歌
也一定是暗淡的。

胃

我们吃过太多的毒药。
其实毒药，相比于某些美好
更易于消化。
这些美好不同于一棵树、一朵花，
三千里风月。
它可能是"橡胶、煤炭、铀
和月亮"。
而当下，胃里更多的可能是 AI、硅片、重型机械
和乱码。再装进去一个黑洞好吗？
附赠一个虫洞，用于无法消化的时候
诗意的撤离。

（注：美国诗人辛普森说过，美国诗歌需要一个强大的胃可以
消化橡胶、煤、铀和月亮。）

第二辑

梦里的石头，
都可以隐秘飞行

弈

55 年前，我与众神有过一次对局，
结果输了的是另外一个人，
我的母亲。她输掉的小米，
正好够上苍发放给我的口粮。
而我是一个尖锐并不思悔改的人，
一次次试图闯入
人间的禁地。而她，
我的母亲，总是跟着我，
我走向哪里她就走向哪里。现在
她已走成了风烛残年，
而我，也忘记了与众神的约期。
我希望不要太久，比如 50 年后，
众神能够找到我，
选择一处高地。这一次如果我赢了，
请以我的肉身赎回那些小米，
如果我输了，
请把我的灵魂，交还给我的母亲。

石头经

一块巨石炸裂，可能诞生一只猴子。
一枚小石子可能封印了
一只甲虫。她用石头
套住青春的手腕，把脖子
交给另一块石头看护。
你想她时，总是一支烟只抽三口
就摁灭在石头烟灰缸里。
那个被你用石头打破头的人
连续几年给你送酸菜，你因此很想
见见那块压酸菜的石头。
让你内疚也让你欣慰的是，
父亲去世 30 年后，你终于立了一块碑……
如今你发现，梦里的石头
都已是夜空中的星星。
梦里的石头，都可以隐秘飞行。

容器

有的人，几十岁皮囊已满。
装进去什么，就一定会
溢出什么。
有的人像是刚倒满的啤酒，
放一放，还有空间。
有人器量很大，
装几部剧应该没什么问题。
我是一个小容器，装果糖，也装过盐。
盖子不紧，至今半瓶子晃荡。
有些东西，装进去
需要持久地用力。取出来
并不容易。
小时候，我曾把小拇指
硬塞进一个喜爱的小瓶子，
可想而知，为了取出小指，
只能打碎瓶子。
或许正是因此，我至今容不下
某些小东西。

小说

猫有九条命，她用八条
堵住了我下山的路。留下一条
陪我坐在石头上
看星星。那些冰凉的星星并不在意我们，
它们只看更远的虚空。
而石头包浆的身体，让我知道
它已深谙人间的油腻，我们
只不过是第无数个
拍打、抚摸它的人⋯⋯

时间会过去，总有经过的风
不时推推我们。

盯着黑夜入神

一个人盯着黑夜入神，一盯
就是几十年。像核桃
也能包浆一样，一些星星
被摩挲得滚烫。
一个人盯着黑夜入神，有时
时间会被盯死。需要有人大喊一声，
宇宙，才会醒来。
一个人盯着黑夜入神，久了
天空也能被盯出洞来。
那也许是一个去处，或者
有什么要来。

镜子

我捡的石头还给了月亮
它们在回忆里开花
忏悔时开白花
如果开出的花是淡黄色的
那一定是还有些许温暖
没有遗忘。和我一样的人还有很多
我们在地球上捡拾
会消耗一些光
月亮因此并不饱满，有时还会塌陷
不好不坏的是
我们一边占有，一边交出时间
昨天一朵一朵开过
又一朵一朵落下
有的坐了果，结了核

我捡的石头从来不红不白
也不一定光滑

也想

有的人总是原谅别人，却很难宽恕自己
也有人，已经习惯了难为人
甚至其他的生命。
在人世，我们很难判断哪些人走错了路
就像我们选择了善恶
又心生怀疑。我曾凝视过夜空的星星
也曾用一面小镜子
试图把月亮的光，反馈回去
可我至今没有收到回信。
有一天我在小区大门口遇到一个醉汉
他愿意借给我三天灵魂
免费。不附加任何条件
可我还是担心偿还不起。我想
认识一个活过百岁的人
听他讲讲过往的鸡毛蒜皮。
也想加入某个历史时刻，挤进街边欢呼的人群
为一些人送行，或者

迎接他们回归。
也想真的成为一个隐者
日出而作，日落而息。
或者把肉身交给一条船；把船交给
一道水。而那个"我"
可以回到他来的地方
可以去往他去的地方。

占星辞

昨晚夜空少了一颗星星
今天，我的肝部一直在疼
我复盘了最近的几场大酒
并不是试图找出真凶。真凶
往往不可企及
却又在自我之中。可我还是在
一棵大树之下
找到了足迹。大树年代久远
足迹似旧还新
我模仿猎人，撒上虚土
越看，越像一处陷阱
越看，越想知道，还有谁
深陷此生

夜空少了一颗星星，它空出的位置
多像一处陷阱

影子喝醉了

影子喝醉了
赖着不想走
此时我才知道它有多沉重
此时我才知道，我轻飘飘的身体
根本拖不动它

有一种光

有一种光，会让人心慌，
会让时间裂开细小的缝隙，会像
橡皮擦去一些记忆。
我拐进黑暗里，摸出一枚
旧时代的硬币，
本想购买一枚蓝色药丸，却得到
一只电子手环。
它有三种权利：帮我入梦，
深度催眠，量子纠缠。
而此时我最想要的
并不是给天堂里的父亲敬一杯酒，
只是想跟我的兄弟
说上一句话。
我急迫地打开使用说明书……
那天晚上，有颗星星特别明亮，
它抢在我之前
把说明书没收了。之后
我们相互望了望。

奇点

人过中年，咀嚼一颗星星
那种甜，那种让牙根酸疼的甜
有时就像让气球坍缩的一根刺，它的意义
并不止于膨胀适可而止。
给暴动的词语围上光栅，与在
起义的函数顶端画上骨朵
可以是相似的隐喻。就像时间的气泡
遇到玫瑰的刺突就消失了……
也许女神的小腹
更适合表述曲线，而身体里的火
像过路的乌云一样，不泻下一场大雨
是通透不了的。

宇宙越来越大的同时，世界
越来越小了，一切经验
都滑向一个点。

相似性

相似性是一个悖论，它的反面可能是
你舒适于春风渐暖之时，你堆在
院门口的雪人正在经历
时光如刃。
在加速膨胀的宇宙里面，总有一些事物
渐渐变小。这也许比一些人物
总想做大，更可爱一点。
也许牵牛星的七夕仍然是一个
叠加态，西王母
也没能数清她随手撒成银河的
那把沙粒。就像
有人发现 3 和 4 之间还有一个整数，如同
衣柜里还有一个小门，可以怀旧，可以去往
一个虚无的维度。
也许在维度之外，还存在一个夹角，正好
可以看到恒星变小，看到一个
落草为寇的诗人。

五月

有人准备了玫瑰
有人准备了蔷薇。小区篱笆上的月季
很多被人折去
吉格给妻子准备了一台洗衣机
他背着这台 60 公斤重的洗衣机
走了整整三天
他翻越了海拔 4600 米的高山
我看着视频，端起酒
敬了吉格一杯。酒有治愈之功
如同临渊打水
你说一个人能盛得下多少火
就能抵御多少严寒。好玩儿的是
现在是夏天

有人准备了玫瑰，有人准备了蔷薇
你说，想当那个妻子

伤逝

天空为什么是蓝色的
这依然是一个秘密。有白云数朵
排队而过，模仿着人间的生活
你送给我的那只猫
腹中碎银已满
可以沽酒，可以换取对一首诗
有限的信任。之后可以忘记
可以拒绝疯狂也拒绝流泪。总有一种黑暗
能够穿透时间
总有一列绿皮火车，经过了小站
一些人因此走远了。也因此
寄来了信件

大暑

C 城，雨。
B 城，微风。懂得思念的人
更容易中暑。我只是偶尔
在高空写诗。
飞机颠簸的时候，我正在咀嚼
一个词。而昨天火锅里的筋头巴脑，
传递给我的不仅是劲道，辣，
和一些回味持久的香料。
你给的词根，如圈住时间的手串，
木本的质地，已经有了青铜的包浆。
我伸出左手试了试，
一棵桂树依旧长在原来的位置，桂花
却远走别处，有了别的
气息。

碰杯

我跟影子碰杯，落花一地。
月亮像个偷窥者，
眯着眼睛。小桌上除了酒杯、酒壶，
还有一盘花生米。
它们倒像是一颗颗瞪圆的眼珠，
直视
我如何把它们吃下去。
我吃下去的
还有忘记，和一部分回忆。

我跟影子碰杯，它也跟我碰杯。
我不怕影子，也不怕自己。
自己喝多了
顶多打几个电话，或者
骂几个人。
顶多抱住一棵树，说一会儿话。
有时我会怕仇人喝醉，或者
朋友喝醉。其实我最怕的还是

她，或者她喝醉。
怕他们说出一些
我吃不下，也说不出的话。

给孤独园

你写的诗里有一把斧子，木柄
铁头，锈迹斑斑。
有灌木丛生的山坡，
有几条小路，像废弃的旧电线。
山脚下，几棵银杏的秋天如黄金。
初冬的第一场雪，如白银。
那些沉默的石头，像被宙斯
毒哑的青铜，偶尔放过了
稀疏的鸟鸣和乌鸦的叫喊。
有一头怪兽，还没有现身。
有几段爱情，失散在人群里……

信物如落日，在世界的另一面
升起来……

惊蛰细读

一枚叶子
像众多的叶子一样落地
因为意外，它预知了某个小小的未来
它不大的身子下面，一个虫洞
正在掘进
那时候只有为数不多的人
知道虫洞与黑洞的关系
只有为数不多的人
备好了玫瑰

此后有风吹大地
此后有雪大如席。此后还可以有
黑暗，秘密和节日
我何以确信，那第一声响雷
并不是点燃的，也与一对雪人的消融
无关？而万千小虫都有自己的路
为数不多的人，已经狂奔了
八百里

补芒种

你说读者能点餐吗？你说
诗的节气里还少一个芒种，要我补上。
也许
我们与抵达之间还隔着夜幕，
通过的方式不止一种。比如一些星星，
它的光速能使记忆变轻。
而即使在北方，
也不是所有的粮食，都有锋芒。
我们与抵达之间，也许还需要
一弯锋利的月牙。不是为了
收拢秧苗，也不是收割小麦。
能剥开忧伤的，也一定能剥开惊喜，
像打开一朵荷花，
更像是打开了一瓶带有小毒的老酒。
你经历的，也许是我也经历过的。
这样想时，一场雨，正好
不大不小地来了……

旧约

最美的是胸脯
还是臀部？一只乌鸦从槐树上掉下来
落在大雪里
它有能力找到男人埋藏的坚果
然后抛在有红绿灯的路口
等过路的汽车碾碎

最先得到答案的最先缄默
三枚坚果，像三个装满秘密的小瓶子
而男人醉了
他在等一列通往别处的火车

海王星

再过几十年，选择一颗星
去旅居。
那时候火星应该已经
人满为患。但它铁锈般的光泽
依然散发出荷尔蒙的气息。
金星太过耀眼。水星
太热。木星奶油色的光
温和，柔软，却并不适合
我乐于种养的丝瓜。
土星的苍茫是我所喜欢的，特别是
它的时间，要比地球慢
29.5 倍。
而经验告诉我，偶然性
很可能使我登上一条大鱼，
太平洋是出发地，到达海王星
需要 N 个星期。之后
是更加遥远的
冥王星。

更喜欢

黑是一种沉默。把黑
藏起来是另一种沉默。
我可能更喜欢那个怀揣乌鸦的人，
胜于喜欢一只喜鹊
有黑有白，但它说出的
永远是最明亮的那一部分。

我喜欢那个怀揣乌鸦的人，
不仅是因为他拥有两份的沉默。
还因为他怀里揣着一声
最终捂不住的
嘶哑的
叫喊。

一颗孤寂的星总是拥有巨大阴影

抬头望天的人知道自己也有阴影。
像帕斯张开白昼的手，只用寥寥数语
写下三朵云。他不写阴影，他的阴影
已经回到体内某个透明的部分。
如果是在夜晚，银河灿烂，某时某刻
只有某人
偶然抬头看着一颗孤寂的星——
它身后那无尽的巨大黑暗，就约等于
这种孤寂所应拥有的
全部秘密。

岔路口

就像出远门的时候
要带点行李一样。
大师兄走的时候想带走月亮。
一群人使劲拦了下来，换成了月饼。
我偷偷塞给他几颗星星……
差一点就成功了，可还是差了一点。

我至今留有那些走了的人的
联系方式——
电话号码，或者微信。
再走几条岔路，太阳会照常升起。
而我可能会在一个陌生的地方，
见到
那些熟悉的人。

颜色

　　此时绿色已有溃败之象，
　　而红色如同一种乐器
　　发出只有少数人才理解的音响。
　　霜降之后，香山的高度
　　是用颜色标记的。有时候
　　黑是一种深沉，白
　　留有更多的余地。
　　譬如一场大雪，譬如
　　半山腰小屋里的炭火
　　和酒具……
　　而我想借一双翅膀，百年之后
　　追上
　　那个最先下山的人。

雪暴露了万物突出的部分

化雪的夜晚天是薄的。一些星星
像漏风的孔洞，我盯了它们很久，如同一位
我的古代亲戚，细数他生命里的盐。

我身体里积淀的盐也已经不少，比盐更多的
像是乱码。维特根斯坦认为：
说不清楚的就应该保持沉默。

我理解的沉默，不只是诗人的留白，
也可能像不被识别的二维码，仍然留有某种
通向别处的打开。

这场雪，像是更加暴露了万物
突出的部分。晚化的雪，只填补万物的
阴影，只保留与一首诗相似的存在。

那些年，我在狮子座

他们叫我西上相。也有人
不嫌啰唆，称我太微右垣五。

这大片的天空，这庄严的四边形，据说
是宇宙为了纪念一个凡人。他

立下十二件大功，第一件是把一只狮子
巨大的凶猛，变成了战利品。

可我一直不愿意记住他的名字，也拒绝
把他考古般的肖像，挂在我办公室的

墙上。有墙吗？也许没有。也许只是
紫薇之东、北斗之南的一小点名利场。

《晋书·天文志》载，元兴三年正月戊戌
荧惑逆行，犯太微西上相。占曰："天子

战于野，上相死。"我古文不好，怕理解
不到位，想请火星过来聊聊。36 光年

比一次流星雨只长一点点，他假装
看不见我。他只看轩辕十四。

他假装时间暂时停了下来，手里有光，可以
交换大片黑暗。

好吧，我也叫不醒一个假睡的人。
我正好可以做梦，也可以看剧。看盘古开天，

看精卫填海，看五星出东方，也看自己
坠入故事的湮灭，加入故事的诞生……

霜降

最先落下的也许是个破绽，或者
仅仅只是应有的轻薄之物？
等红灯时
一枚叶子栖落在我的挡风玻璃上。
它斜趴在那里，
给了我一个拥抱的姿势。
我看向窗外的路边树，
树上的叶子依然茂密，黄叶不多。
而这枚试图拥抱我的叶子
还是绿的。只是
它的绿，比绿灯的绿
要暗淡一些。

蜻蜓

水面有一些好看的云朵
一些人在水边散步
像是在回味某些生活
另一些人在疾走
我知道，他们大多在完成一种预设
比如多少步、多少圈
像完成人生中那些俗常的程式
动力十足，却又不必深究

也有些人是在赶路
从公园的东门穿向西门，或者如我
从西门穿向东门。对于走捷径的人
路遇的美好显得并不多余
也并不必须

但有时我也会加入另一个群体
等一些事情发生。比如
像一个垂钓者

像一池枯荷
像一只
蜻蜓

风忽然停了

多了一面镜子
我们在倒扣的船上，头顶
指向深渊的方向
这并不奇怪。我们跟那些花树，跟那些山峰
方向是一致的。而白云
在更深的地方
偶尔会有几只鸟快速跌入渊底
我们知道，我们没有跟随着掉下去
是因为从来没有飞起来

寂静的时候多了一面镜子
风的缄默，没有预约，也不可疑
船底摩挲着船底
这一刻前路与归途
都是平的

证明

如果天空空无一物，
不仅显得沉寂，而且会很可疑。
空，是需要证明的。
就像飞机爬上树梢，飞过楼顶，由大
变小的过程；就像喜鹊或者麻雀
不时划出的
几道接近数学的圆弧……
而最好的证明可能是
乌云厚集，电闪雷鸣，然后
适量的阵雨；再然后
风吹云散，只留几朵悠然的白云。
如果阳光洒下，彩虹升起
就更好了。如果
彩虹跨过河岸，或者搭在公交上……那就
什么也不用再证明了。

另一个词

你把这些装进一只靴子，另一只
靴子，装些高山流水或修辞，多出来的
一只，就空着吧。空
在人间，有特殊的用意。就像
当心绷得像琴弦一样紧，被空出来的
就一定是那个
抱琴之人。
此时抛出一只靴子——
重重的一声"砰"，还是轻描淡写的
一声"砰"？都不必意外。
也许击中你的
像击中隐喻一样，是另一个词。

肖像

一个老头
戴着金色的草帽，嘴里
叼着金色的烟斗
金色的络腮胡子
连眼圈都是金色的。连
头顶蒸腾的空气
都是金色的。但他的上衣

是绿色的
如同田间一道一道的绿色
如同山峦起伏的绿色
我甚至看到了田埂
我甚至看到了上山的小径

这真是一个好老头
我想他一定跟我一样，喜欢大地
和日出。喜欢寂静般的
躁动

尘世之外

我去过深山峡谷中的水线值班站
远离尘世，疑为仙境
可寂寞却是一种持久的毒
那里的人已经不会交流，很少说话
总是以酒解毒，之后
以毒解酒

我也见过
一眼望不尽的大戈壁上
一棵孤独的树。我也注视过
茫茫的草滩上
一头独立的牛

博拉村，甘南的一个细节

神山之上，风吹云朵，
适合我仰望。
我问 6 岁的格勒尼玛
哪一朵白云最好？
他说他的姐姐叫曲央卓玛。
这名字听起来像花朵，也像一首歌。
在葱翠的歌唱里，山脚下
德吾录河是直的。河边的
青稞地是平的。只有一段上坡路
是曲折的。
山坡上的博拉庄园
是一个木头宫殿。桑炉边
围坐着 31 户人家，31 盏灯。
哈达里住得下 300 佛、菩萨
和过客。

我们

有人天生就像
一株红花绿绒蒿，比婀娜
坚韧一些，比美丽
简约一些。有人和天空一起流泪。
有人的伞
始终遮护着别人。有人
望着延绵无尽
陷入沉静。

低头的牦牛像一些高人，
我们望其项背，看他们的黑。
所有的经幡都在风中飘，都指向
一个方向。
我们在菩萨坐过的地方
坐了坐。木栈道是尘世所及，
美仁草原，还有一步之遥。

只要拔下一枚钉子

书上说，50 亿年以后
太阳将把月亮没收。
但这并不影响
今晚，我想与你喝酒。
最好是新版的小二，
有冲劲，上头。
或者是你自酿的红酒，
颜色如同玫瑰，
近似于血色，或者口红。

我也相信，只要拔下一枚钉子
月亮就获得了自由。
这并不影响
我和你一起走走。
在河边，或者在小巷，
走一会儿，靠一会儿树，
走一会儿，靠一会儿墙。望一望
弯刀般的月亮。

地上，是我们的影子
和月亮洒落的
淡弱的光。

公园

小公园塑胶步道的弯曲弧线
正好穿过几棵老树。
背后的天空将暗未暗，金星
已经迫不及待地亮了。
它紧贴公寓楼的屋顶，
像一粒灯火。
一些人相互追随，神情各异地
疾走。我也加入其中
走了三圈。之后
徘徊在树影、岔路
和一小块空地之间。有时望天，
有时看向黑暗。
一些蝙蝠在头顶飞旋，
有时很低，很近，像是擦身而过。
我不惊奇，也没有深究寓意。

夕照寺

我还需要捋一捋，把数字
降到最少。这样我或许有能力
为他们建一座庙。
太阳上不行，也许月亮上可以。
也许只建一座很小的庙，
装不进真身，装一些衣冠也好。
如果连衣冠也装不下，
就装三两黄金或者四两白银。
这创意很好。这创意让每一个
抬头望月的人，都像是我的同道。
都像是朝拜者。
还缺一个名字，我正好从中街路过，
看到左侧的夕照寺，感觉这名字挺好。
想了想，还是觉得
挺好。

鹰在高空盘旋

鹰在高空盘旋的时候，很安静。
像我坐在戈壁滩的某块石头上
一动不动。
也许我们相互尊敬，却又
相互不懂。
我们之间的隔阂，看上去只不过
是一些空气和阳光，是目力
所及的一段距离。但鹰的背景
不仅有天空，除了过路的白云
还有远处的山峰。它或许并不知道
我来到戈壁滩，需要机会、理由，
和一段颠簸的路。

夜歌

猛兽遇见了猛兽
我遇见蔷薇

万物汹涌而宁静

光亮也并不多余，它通往
别的地方

边界

小时候乌鸦每叫一声，树皮上
就睁开一只眼睛。
那些眼睛并不看乌鸦，
总盯着人类。
有人因此会冲乌鸦吐三口唾沫。
也有毛头小子拿着弹弓追打，
却打碎了自家的玻璃。
那时候母亲常常诱导
厌食的我学舌。待我张口"呱呱"叫时
母亲就趁机将一勺饭送进我的嘴里。
我并没有因此记恨乌鸦。
母亲却因此原谅了
乌鸦带来的坏消息。
后来我在西北生活多年，
每次深入戈壁，都会给乌鸦准备半瓶水，
用以交换
那些带着星光的石子。
我并不以为

那些石子
会真的来自于乌鸦座。
却愿意相信
乌鸦，是能够返回虚空的信使。
就像我相信乌鸦座的暗淡
是一种富集的神秘一样，
也许母亲只相信，乌鸦
就是一只鸟。

风车像一群大鸟

翅膀每转一圈，漩涡就深入一点。
在风里挖洞，运走火，并不像
看起来那么简单。

一个骑摩托车的人
蜿蜒而过，他带着一把铁锹，这让我
想起堂吉诃德和他的长矛。

黄昏足够辽阔，它把这一切，
把我，把远处的雪山，都放在了
封面上。

无题

儿子对我说：
等你们老了，送你们一个机器人。
比保姆勤快，比明星颜值高，比狗
对你们都好！

我想恳请我的儿子，
趁我们还不算很老，趁我们还健康，
及早把这样一部机器领回家，
让我们先像疼孩子一样疼它，
像照看小猫小狗一样
照看它。

检讨书

也许我们都还有未来
还能遇到柔软的事物和失去的人
还能抱紧一块石头
扑向某个星球。可我的罪恶
你知道，神也知道
据此我并不会放弃燃烧。
虽然我也知道，每年只有不到一万块陨石
飞落地球。我们的生命
即使能像流星一样划过夜空
也很难成为一块石头
但这并不影响我对石头的敬意
并不影响我略过他粗粝或圆滑的表皮
成为坚硬的部分。
我承认，有些事我蓄谋已久
有些人让我心生愧疚
这些，神知道。或许
你也知道。

进化论

火烧过的地方，思想一粒一粒
如新诞的珠子，也许风能让疼痛柔软一些。
风在人间吹了上万年，人
依旧不知风的来处。一些路乱糟糟的
貌似藏着去处。最大的焦虑是
肉体被某物替代——
石头，硅片，以及内藏的电。
最大的宽慰是
灵魂只是搬了新家，像猿的
又一次进化。

劳动节

那时候我跟很多劳动者一样，
常年陪着机器劳动。
机器吭哧吭哧很卖力，
有时哈着热气，有时冒着黑烟。
但它也有不给力的时候。
有经验的师傅听听声音，
就知道它是累了
还是病了。
那我们就让机器过个节吧，
松开螺栓，更换破损的零件，
涂抹润滑油……
我也曾在钢板上打眼、制作漂亮的工件，
在工件上砸上我的工号。
那时我有一个小理想，
就是能够让我加工不锈钢的工件，
这样我的工号就能跟工件一样，
洁净，明亮，长久地
不蚀，不锈。

而劳动节我们通常是不劳动的。
早期只有一天假，而那时我们正年轻，
喜欢睡懒觉，喝啤酒。
后来变成了长假，流行的是
探亲，旅游，结婚。
再后来又变成了短假，
我通常在家陪老母亲。
间或，一边煲汤
一边读诗。

秋天最后的时光

那天主要是看落叶
看不同的叶子从不同的树上
落下来。

天色将黑的时候我选择离开
那时候时光依然可信
那时候恰好有几只鸟，像加速的落叶
从树枝上掉下来……

苹果

用不了多久，光秃秃的枝条上
就什么也没有了。
空出的部分，留给霜雪经过。
现在，枝头最高处
还剩下一个
又红又大的苹果。那是踩着梯子
也没能触到的。
苹果很甜，很脆。
过几天它会慢慢变面。再过几天
就会坠落。
叶子也会在风中离开。
现在，我看它
越来越像遗落在高处的一个过错。
我想，如果剩下的是两个，或者三个
也许要好一些。

小结

她只说了三句话，像三片花瓣。
让我痛心的是
花瓣落下的时候，万物过于平静。
连风也没有。

第三辑

闪电打开了

那只奇怪的瓶子

一只羊应该学会认命

一只羊应该学会认命，安分地吃草，

愉快地交出骨肉，交出皮毛……

问题是一只狮子座的羊，应该是一只羊的

体内，住着一只狮子，还是

一只狮子的体内住着一只羊？

这很重要，这就像

你住在房子里，是一个世界。

你的身体里住着另一些事物，是

另一个世界。

一只羊能遇到的美好，一定也有

不少。比如恣肆的野花，肥美的水草，

以及辽阔

或者偶尔抬头，望见了天上的

另一群羊。而羊体内的狮子，可能

一直沉默，可能一直忙着如何把语言深埋，压瓷。

也可能，春天一到

如同魔法驾到，闪电打开了那只奇怪的瓶子

一万声狮吼倾泻而出，隆隆咆哮。

直立行走

每一个直立行走的人，都是一个瓶子。
能够装进去的东西，却不一定能够
倒出来。有的倒出来了，重量
还留在里面。
有的打开盖子，风一吹
就发出呜呜的声音。有的易碎
炸裂成锋利的瓷，或者更危险的
玻璃。
有的投身流水
漂泊过。有的被选中，吞下一张字条，
它的漂泊，就像是
有了意义。

有一次

有一次面对黑夜，我转身就走
背后跟着一群星星。
还有一次，黄昏压塌了穹顶
黑夜倾泻而下，山没能顶住，我
也没能顶住。
后来我知道，黑夜是一种完全不同的生物，
它的温暖常常来自于莫名的
深度。它的奥秘来自于不可穷尽。
有一次她问我："最亮的星星是哪一颗？"
"金星。"我说。
"金星会发光吗？"
"不会。"
"不会发光的一颗星，为什么最亮呢？"
……

橡皮人

曾经看一部剧，就像是拧开了水龙头，
就有哗哗的大水。
现在人老了，干眼症，医生说
已经不会流泪了。
地震，不会流泪。火灾，不会流泪。
战争，也不会流泪。
不会流泪就不会吧，可我总想借一把锥子，
戳自己几下，
看看出不出血。

信物

我把星星搬回家，它就变成了石头。
起初，白天我背它上学，晚上用它喂养
15 瓦的灯光。后来搬回家的星星多了，
就砌墙，盘炕，甚至
压酸菜。有一天我突发奇想，找了
一个大个的，挂在房梁上。
我就睡在它的下边，想着如果哪一天
它掉下来砸中了我，这一定是
十里八乡最大的事情。

几十年过去了，一些石头回到天空，
变回了星星。一些星星，被一些新人
搬回家中。

南山谣

我翻过了南山。
我的翻越，并没有使它成为北山。
我只是发现，它头发凌乱，最顶端
稀疏，颓败，像一个即将秃顶的男人。
它的两鬓也已暗藏枯萎，
它的腰间已有寒意……
南山正在老去。而我浑然不知
老去的意义。
其实当初，我还没弄明白
年轻的意义，就已经不再年轻了。
现在，我翻过了南山，
我只想玩笑般地喊几句："现在你已是北山了！"
喊完，我就会翻回去，使南山
回到南山。

冷得像首诗

这两天，A 城大雪。C 城的人

冷得像首诗。

如果是夏天，也可以说

热得像首诗。但那应该是

另一个时代的事。这个时代热的

只有 AI，GPT，Sora。

抖音能算吗？我们知道摩擦生热，

有没有人告诉过你，焦虑也会发热。

当一大群人担忧人工智能的

走向时，我更害怕那些不是人的人

背后的人。

一边害怕，一边追随。

我曾测试几款生成式软件，逼它们

写诗。

我曾问文心一言的

一个工程师，几年能够追上 ChatGPT？

他说感谢支持！握了握我的手，有点使劲。

我真诚地说，两年也行！使劲

握了握他的手。

我想告诉你

这心脏中奔涌的血，这血的
颜色……这颜色
开出的花朵

我拥抱过那椭圆的小叶，
拥抱过三百茎秆，拥抱过茎秆上的
皮刺……
拥抱过葱翠与尖锐——
我想告诉你，这是值得的
我想告诉你
没有一朵玫瑰是荒芜的

剥洋葱

本来以为，你和我都会
泪流满面。

可那是一枚西红柿。
看着你温柔的样子，看着你剥得血肉模糊，
我感到恐怖。
尽管它有酸甜可口的浆汁。

不要太期待世界末日

这是一部罗马尼亚电影，
我并不在意它的内容，
我只是单纯地喜欢它的名字。

仪式感

梦里得到的方天画戟，比长矛多出的部分
或许只是审美的张力。
那个在文学里大战风车的人
显然失败了。与风共舞的翅膀
一排排，一片片，
越来越多，越来越大。
那天我遇到一匹马，它盯着我看，
我差一点在它孤独的眼神里
读懂一封遗书。
这是一个缺少骑士的年代，却并不缺少
战斗。
有人化作石头，沉重，坚硬。
有人以沉默收集火药。我也偷偷
把方天画戟换成了易于使用的匕首。
某种仪式感有时是多余的，
这并不影响有时在春天，
风一吹，一个人就有了要开花的感觉。

目击

墙根处还有一个瓦罐是完整的。
这种完整强调了区别于破碎的朴拙。
半罐雨水，异常安静。因为安静
它装下了一小片天空。
这种安静是孤独的。
残存的完整，是孤独的。
但这种孤独，与这被遗弃的小村的荒与野，
看上去，并不一致。

乌鸦与暗物质

在大多数人类的眼里，乌鸦的喊声
比乌鸦本身更黑。
乌鸦的黑，不过是由于其羽毛中的色素
和结构对光线的吸收和散射
造成的。这种黑
有办法调染，一场大雪
可以覆盖，人类也可以忽略。
它的喊叫，却有逆向的侵染性。
乌鸦聪明、耿直，有时
胸中有物，憋了很久
不吐不快，"呱呱"几声——
乌鸦有时像个预言家，说对了不好的事情。
这种能力，就像暗物质——
不发光，不反射，不与电磁力
相互作用。

成长

有一天我学会了模仿
站在街边上,长出枝条、绿叶
在躯干上割出伤口和眼睛
我看到的
不仅有汹涌的车流,还有依偎的情人
和孤独的流浪汉。
在公园我的角色可以是一块草皮——
早晨顶着露珠,遇见孩子们的
小脚板,夜晚
可以一边享受柔软的虫鸣,一边轻抚
过路刺猬的尖刺。我也可以尝试
厚雪覆盖的一张条椅,或者
细雨中的一块公交提示牌。
此外,我还模仿过
挂着条幅的气球、落水的月亮、追击小恶的闪电……
以及那只被蔷薇扎破的手

最后，我要模仿的是一只蝉——
一只蝉 13 年或 17 年的蛰伏与沉默，它
褪去皮甲的过程，它夏天炽热的长歌。

格物志

有一天我忽然明白，每个人都有裂缝，
就像马路边树干上的伤痕。
有的皲裂成一张网，网住自己沉重的部分，
有的则瞪成洞若观火的眼睛。
通常情况下，一个人越老
身上的裂缝就会越多。通常情况下，
一棵树干上的眼睛越多，就越不想看自己。
所见他物，却又全都
通向自己的内心。

有寄，芒种

如果是在田间
你可能会遇到几串牵牛花
它们有粉色的，我猜你
应该更喜欢紫色的
你也可能会选一个好时辰
往夜幕上点红豆。点一颗
亮一颗。我了解你不是一个贪多的人
却并不确定，有没有哪一颗
被你剩下

这几天风大
南方汹涌的白云，到了北方
已是乌云滚滚
换一种说法
也可以是：白天浩荡的云阵
到了夜间，已是星月晴空
入睡之前

我把窗帘拉上一大半，挡住
过于锋利的月牙。只留下
一小片星空

荒原上

荒原上，遇到一座孤坟
墓碑已经有些风化了
只有几个辨识不清的字

我试着读了几遍那些字
风忽然就大了
天上仅剩的几朵白云，加速
向远处飘去

游子吟

有一天我会丢失
像一个照镜子的人，在镜子里
找不到自己
不必去故乡找我
故乡的大地过于平整
掩藏不住一个人起伏的生活
也不必去火星上找我
我在那里生活了 34 年
早已谙熟了寒凉与辽阔
懂得寂静，习惯沉默

有一天我会丢失
或许是，镜子里的我还在
照镜子的我不见了
我并不在意，有没有人会寻找我
我很在意，是否有人愿意
把我藏起来

桥上

你泡在水里，多了一些
深沉和重量。透过你
能看到一些灰暗的水草。
离你不远处的水边，有一些
小鱼。
有时，风会送一些花瓣到水面。
有的花瓣，经过你时的迟疑
如同抚摸。
我知道，这些还不足以
使你持久地快乐。
使你快乐的还有
清凉如同缓慢，如同忘记了时间。
你可以假装溺水者，
或者水生生物。
这道水并不清澈，也不算浑浊，
适合
顺水漂泊。

此时天上有白云数朵，飞鸟经过。
我仰望它们的样子，恰似你
泡在水里的样子。

葡萄，葡萄

不远处有一个酿酒师经过，葡萄们
很兴奋，有的开始战栗，这使
它们越发拥挤。恰巧的
一阵雨，好似跟这种拥挤没有关系。

纵纹腹小鸮，享受着阵雨带来的
凉爽。它们有了后代。
这是否让老鼠，更靠近了葡萄的根部?
而雏鸟看到的希望，只是一条
不起眼的虫子。

蝉鸣依然热烈，蛐蛐昼夜演奏。
每一粒葡萄都有着大而圆的眼睛，
它们看到的细节，比爱情更多一些——
一只蜘蛛迅速逃窜，螳螂的大刀
锁住了另一只螳螂的脖子……

葡萄也是要过冬的，最简单的方法

是埋土防寒。等节日再馈赠一场大雪，
像松软的棉被孵化晨梦一样，
这厚厚的白色。储存的安静，不止于
适合万物冥想，也给了冥想充足的水分。

后视镜

等红灯的时候，
不经意扫了一眼车内的后视镜，
透过两道车窗
看到一男一女两个年轻人，
有点小打闹，有点小温存……

这让我跟他们都有点分心。
以至于身后的喇叭声骤起，
我们才注意到红灯
已变作绿灯。

下一个红灯时我莫名地又看向后视镜，
刚才的那辆车已不知所踪，
代替他们的
是孤独的一个人。

失眠

半夜的鸟鸣是不可信的。凌晨三点
一个人吹着口哨从楼下经过
他正好遭遇了我的失眠
我猜测他或许是小区的保安
或许是因为依然拥有明月与灯火
而得意的人
有人只理解白天。我白天浑噩
夜晚无眠。有一天她说你也数数羊吧
这一句正好被母亲听见
母亲插话道，你舅家的羊都卖了

骆驼客

——给画家恒才兄

沙漏倒置。海洋的遗骸。
你相信驼峰是纪念碑，如同相信驼铃
是依然活着的水。
如果生命里的盐，真的像
唐诗里的一场大雪，有谁愿意
用三根肋骨换取一支驼队
踏雪而归?
人生其实只需要简洁的笔墨，表达
有时只润染于一头骆驼。
如果不想忽略这尘世，就加入五尺风沙;
如果还有思念的人，就留下一枚
淡然的月亮。

被铁击中

一块铁，追了我三十年，
把自己追成了铜。
如果我的沉默不是镜子，我可能
会在无边的荒凉里
再次种下荒凉。我也可能
在倒退的时光里搭积木，看一只甲虫
住进小房子。
可我已心甘情愿，被一块铁击中，从此
砾石如星星，呼喊
如大风。

自知

今天烟嗓，只是因为感冒。即使
真的有一副好嗓子，也不会因此
成为高贵的鸟。其实
做一只灰不溜秋的麻雀，或者一只
黑透的渡鸦
都挺好。不会唱歌就沉默，
憋不住了可以窃窃私语，可以小声嘀咕，
也可以大叫。说不定恰好会有
几枚松果坠地，或者一片云
释放了它内心的闪电。
下不下雨，就是另一个巧合了。
而羽毛，一定曾被打湿过。

那天风大

那天风大，
我遇见一个数沙子的人。

此前我数过童年的杏核，那时候
两粒杏核还能换回一个杏子。
十个换五个，四个换两个，无论最初
是多少个杏子，最后
手里都是一个杏核。
成年后，我数过戈壁滩的石子，
一边数一边扔。
偶尔也会用半瓶水戏弄一下
口渴的乌鸦，引诱它
把石子装进瓶子。

那天风大，
我遇见那个数沙子的人，
我们握了握手，没有说话。

納米

我是乘着高铁离开的，
我的眼睛里，嘴里，耳朵里
都是沙子。

剧本里有一场大雨

雨开始之前有些事已经开始。
我一遍一遍地清洗自己，忘记了浸泡的
时间。雨开始之后
我的聆听时断时续，像嘀嗒的时间
穿过一部剧的行距。
我快递了槲树叶、芭蕉叶、宽叶芦苇，
我去泥泞里，剪下合适的玉米叶，
南山的朋友，给我寄来了冥想和马莲
我可以包裹自己了——可以
用绿色和草香束紧自己，
可以跟红枣、小豆、葡萄干拥在一起，
也可以把自己跟一个人包在一起……
现在，灶里还差一把《九章》的文火，南天
还差一袭《离骚》的雷击，
你就唱起《九歌》吧，等大江大河沸了，
我们就上锅——是蒸是煮？
不看剧本。看心情。

有些星星

我的火熄灭了吗?
也许突出的事物,譬如粗粝的鸟鸣,
并不是阻挡。而漫过时间的大雨
已经不局限于一个洼地,溢出来的
可能是一个词,
也可能是一次治愈。
砂锅里的草药有一味是黄连,其余诸味
就其余吧。我一直以为砂锅底下的火
很重要。而我的火熄灭了吗?
有些痛苦不可以示人,
有些幸福自己知道。有些星星
我们看到的时候
就已经不在了。

瞬间开了

能够惊醒的本就醒着，譬如花的颜色，
譬如路边树干上睁着的眼睛。
其实它们看到的并不一定
比你看到的更多。它们也不会总是盯着你
拐了几个弯，进了哪扇门。
一辆自行车喜欢的路通常不会太长，却也
并无尽头。在尽头生长的黑，也不止于某种寂静。
小心翼翼也会窸窸作响，
偶尔有点小风，偶尔叮当一声响铃，
倒像是某个境界
瞬间开了。

苏庄桥

苏庄桥是简朴的，简朴到
不需要描述
桥边的几棵树也是简朴的
常会有几只，或者一只
鸟儿，在枝头张望

人的张望
有时与鸟儿并无不同。有时
会在桥上，望望月亮
如果是看星星
并非夜越深越好，也并非
限于一个人，或两个人

有时孤独是一种素质，与数字
无关。此处需要补述的
是鸟儿的鸣叫。有些鸟的叫声

像拉上了夜幕

也有些鸟的叫声，像黑夜里

有些事物突然闪亮

白露

元宝枫的豆荚正着看像元宝，倒着看
似泳裤。白杜的种子如鼓胀的
眼睛，正着也看，倒着也看，再看几天
就要变红了。这并不影响
它心怀小毒。
学院内的路，大多宽且直，那蜿蜒
进入绿地的刻意曲折，也是
有人要走的。
几棵槐树，豆荚鼓鼓
如青葱的胸部，可是蛾眉般的小叶
已经开始落了……

路边一具枯蝉，围拢着十几只
蚂蚁，如同一个告别仪式。
此时一只鸟
分开其他的鸟声，语词婉转，像是
说了几句人话。

火车站

小。
几列并排的铁轨，有少许的
交叉和纠缠。麻雀的交谈来自于
不远处的一棵树，不疏不密，像我
家乡的方言。
夕阳伏在远处铁轨的一侧，在等什么？
火车是还未到场的主角，它把
小站重要的内容
空了出来。

那只鸟装成我的样子

那只鸟装成我的样子
不是沉默，是不知该说什么。
它和我一样，看不清风从树林里
枝丫间穿行，也听不懂
天空的颜色。
它有时也会背着手踱起方步，也会
梳理深色的羽毛，如同我局里局气的夹克。
但它不知道
我腹中藏有青铜，常常咽下回声。
它也不知道，我曾图谋
隐居独处，却是群里
最不孤独的一个。

那只鸟装成我的样子
它知道我六点起床，七点出发，
但它不曾听说我何时飞过，何时抵达。

给永伟

我想翻找几粒药片
医治你的慈悲。用几瓶白酒
酸酸你昨晚的浮沉。
可你铺在一张纸上，力透纸背。
我无力扶起你来，能够扶起你的
是你的诗三百。
我们已经褪去了羽毛，那是
多少个小翅膀，多少个飞？
我们早晚要去一个没有空气的地方，
能带走什么？又能舍弃什么？
那里没有落花，也没有
落花流水。

洛阳劫

一条鱼，被大佛看了一眼，心
止于龙门。一只飞蛾，
也被大佛看了一眼，却梦想
成为蝴蝶。
很欣赏一位朋友的简介：
"酒客，花工，鸟人，自然散步使，
星空漫游者，偶尔诗。"
我偶尔的是，站在某座桥上
看着河水沉默不语。我知道
是花开的声音
允许我一再变老。是黄河
入海时，允许我
不再返回。

北山
——给深地科技工作者陈亮

巨大的 TBM 像啃食岩石的怪兽，
在地层深处潜行，而你们
像是与黑洞抢夺代码的人，又像是与虫洞
共享秘密的人。
有人说你们给人类挖了一个菜窖，
曲折，盛大，深奥。
盛得下这个星球所有的奇珍异宝，
也容得下毒火与诅咒。
但你真正炫耀过的却是
躺在并不高的山坡上看星星 。那时候
夜空清澈，心也清澈。
可以自言自语，也可以
一直安静地看着，
一直安静地想着。
星星们也一直灿烂纷繁。
而背靠的石头有时清凉，有时
温暖。或许它们早已习惯了繁星

却仍放不下风沙的纠缠，满身的窠臼
藏不住的是岁月，镌刻下的是时间。
也许时间只是一个圆圈，
它正好需要一次厚重的深埋
回到起点。
但我知道，最坚韧的温情
是山坳里那十八棵胡杨树，它们是
最意气相投的生命，
几十年了，
还像你们一样年轻。

（注：TBM，全断面硬岩隧道掘进机）

意识哲学

嫦娥在月亮的背上写字的时候，
你正在 798 读诗。
猜不出你读的是一粒芯片，还是
一朵玫瑰。也许依旧如
兰州一中的读书声，声声入耳。或者像是
娓娓中也有咆哮的黄河水。
我也曾多次站在中山铁桥上
感慨逝者如斯，不承想
某一日，偶然捡到后羿的那枚箭矢。
我试图用一串代码擦去锈迹，时间告诉我
还缺少一个缘起。
就像那晚的月牙特别细，就像
一个婴儿，一叶小船，一座 T 台，
也像一弯眉毛，一种哲学。

（注：2024 年 6 月 4 日，嫦娥六号在月亮背面取样）

一枚硬币

他紧紧地握着我，有一会儿了
我没有感到温暖，他手心的汗
让我窒息

他猛然把我抛向空中，又接住了我
这次他没有急于打开手
而是清理出一小块桌面
把我用力拨弹
我在桌面高速旋转，尽管有很多次了
我还是感到晕眩
我猜不到我躺倒时哪一面
会影响他与一位姑娘的关联
姑娘很年轻，他也不算太老

有一年多了
我常常被装在他贴身的衣兜里
也常常飞向空中。有时
仅仅是因为一个电话或者一条微信

这一次菊花向上
却看不出他是沮丧还是欢喜

不一会儿他把我装进衣兜
下楼来到了便利店，付账时
他扒拉着零钱，加上我正好够
他犹豫了一下，还是把我交给了收银员
我被扔进了一个小盒子，周围的它们
散发着不同的味道

我正有些不知所措
他从门口折返了回来，嘟囔着：
我还是扫码吧，把那枚硬币还给我
收银员抓起我身边的一枚
递给他：是这个吗？
他看了看，迟疑了一下
装进了衣袋

对酒辞

一

一坛甘露。一碗烈火。
搜肠刮肚之后的酣畅淋漓
力透纸背。一个诗人借用杜康的名字
敛住忧伤
当然敛住的也可能是忧愁。忧愁这种事
可小可大。譬如厩里的马要添草料了
譬如阡陌里已经绝了炊烟

三军可断粮
最后一捧粮食藏入水火
英雄当歌，离不开斯物
酒或有优劣，或有清浊，或有美丑
背后的逻辑源远流长
谜底是个有关时间的话题，适合以五谷
以一粒种子度量

二

熟透的果子自有酒香
熟透的人往往也外溢某种气息
熟透不仅仅是一种成长，也是一种机遇
有时会是心机

有一种细小的生命煮谷为糖
再为酒，且甘且香
因为甘香，一个叫禹的圣人
发现了真理背面的另一个真理
从此退避三舍，拒绝一切香艳、甘醴的事物

我看过几段视频
一只站不稳的猴子似怒似泣。一只松鼠
坠下树枝。一只家鹅
也像村老学究一样摇摇晃晃，踱起方步……
自然界的动物们，误入人类的酒局
或错愕销魂，或娱乐至死

三

世间不乏识饵之鱼。更多的是食饵
善以酒饵谋钓者多为知酒之人
知己知彼，高于机智的属于情趣
姜太公那个老头儿显然是个另类，他用一根

比情趣更细更长的线
牵出了两个朝代的故事——

纣王输了。输了江山，也输了名誉
陪着他一起输的还有酒池肉林，还有绝色美女

其实，禹之一语未必成谶
古之亡国者多矣，酒，有时是饵，有时是佐料
有时什么也不是。美人亦复如是
周郎大醉，梦里去会小乔了
蒋干盗书，一场大火烧于赤壁。赤壁至今
还是红的

四

有人将进酒，有人将进茶
茶助人清醒。酒不同，酒多了是另一种清醒。
不是所有的沉醉都能触及灵魂
威权，物欲。如果能选择，会有多少人选择酒
或者爱情。

有人在酒里赋诗，有人在酒里写字
有人整天泡在酒里，韬晦而无奈
似乎也有人体会了酒之温与度，酒之表与心
成都宽宽窄窄的巷子深处，挤满了凤兮凤兮
不愿醒的人。凰，忙于酝酿。

那时候酝酿作为一个词
比一种劳动更有深意。

从临邛到成都这段路，路的短长，成全了花的癫狂
后人说是喜剧跟着悲剧私奔了
殊不知喜剧有多沉迷，悲剧就有多陶醉
要不然，你也举杯邀明月
你也捞起水中的月亮

五

世间有多少悲喜，就有多少酒席
酒为百药之长，可通血脉，可开郁结
可疗心病。
有人尝试以宿醉压住焦虑，以微醺
融化一个好消息
有人把酵母植入莲花、嵌入莲子
深埋，有深意

就像深深浅浅的历史
有着深深浅浅的巷子。杜甫搀着李白
八仙扶着胡姬
踩几脚深深浅浅的踉跄，几千年下来
有多少醉酒的诗人，就有多少当垆的文君

据此咸宜观的女道长普度众生

常开酒方
开元寺的烟缕里有花香，也有体香
可你听到的，看到的，甚至得到的
也未必是那瓶真的窖藏
五味杂陈各自成酿，或许
只有相思泪勾兑的那杯鸡尾酒
能够致命夺魂

六

十几年前，一个酒后的美女
打电话给一个落魄的诗人，说我到你的城市了
诗人说那就见见吧。美女说不敢见
"为什么？""我怕酒后乱性"
诗人没有喝酒，没有喝酒的诗人说不出那一句：
乱就乱吧

乱就乱吧。能够乱了妆颜
难道还能乱了春夏？
早就幻想在一个古人不曾抵达的去处
看落日飘摇，等一些花开。
或者干脆在拥挤的人流中争渡，神似
误入藕花的女词人

也许明朝抱琴而来的正好不是伊人，不是旧曲
君子有酒，对饮涵养诸情
独酌软化寂寞。一杯酒，一枝花
见不见南山，都悠然自乐

七

终于一只绕树三匝的青鸟
对梦中的诗人说，旧瓶装新酒
是一种追求。但为君故，陈酒入新瓶
会潜伏一个惊喜。
似也非似
酒有星，亦有神

"把酒仰问天，古今谁不死。"
白居易老人家一句话，抵住了一首诗的命门
平仄戛然而止，酒客闻声散去
胡笳与琵琶，谁送行，谁挽留

诗和远方本是同一种生物，常在天边流淌
能够西出阳关的人，渐次璀璨在夜空
照耀着下一个西出阳关的后生
城下有泉，其味若酒，当瓢饮，当沐足
当充满前途的水袋

或许，星月如故，夜光杯中半盏旧事
当留人间最后一位诗人
尽饮

微信公众号

官　网